RÉPONSE
DES
CABRIOLETS
A LA REQUÊTE
DES FIACRES.

Parce, puer, stimulis, & fortiùs utere loris. OVID.

A LONDRES.

M. DCC. LXVIII.

RÉPONSE DES CABRIOLETS A LA REQUÊTE DES FIACRES.

AU nom de la Déesse Mode
Et du Caprice son cher fils,
Déraisonnant avec méthode
En Province comme à Paris.
Les *Merveilleux* du fol Empire,
Abbés mondains, Robins coquets,
Vétérans, nouveaux Freluquets,
Fille, femme en même délire,
Tous, jusqu'aux galants Turcarets
Reclament les Cabriolets.....

Faut-il, Seigneur, qu'un Peuple Fiacre,
Plus machine que ses chevaux,
Fronde, persiffle d'un ton âcre
Les châteaux ailés de Paphos,
Ces Myrtiles de l'élégance,
Qui promenent leur suffisance,
Et peut-être leur nullité,
Dans un char où la molle aisance
Admet le plaisir effronté
Qu'ils appellent la volupté? . . .
Seroit-il de l'honnêteté
Que la *Promeneuse* ex-Bourgeoise
S'ensevelît dans trois panneaux?
Elle veut jouir *à la toise*
Des spectacles les plus nouveaux:
C'est un Trône ambulant pour elle
Qu'une voiture à découvert;
Zéphir l'agite de son aile,
Et les Amours sont de concert. . . .
Que les Fiacres, massive engeance,
Traîtent dans leurs lourds poulaillers

Avec leurs *pénitents* coursiers,
La pesante & plate existence
D'un gros Cerbere de Finance
Chez Plutus allant abboyer ;
Un vieux Banquier à vaste panse
A la Bourse allant soudoyer ;
La plaideuse allant supplier
Chez son Rapporteur d'importance,
Qui la pourroit bien foudroyer,
Et sa fille la jeune Hortense ;
Les Amours du cinquiéme étage
Allant à Saint-Cloud s'égayer,
Un gros Bonze & son radotage
Au Pays Latin sommeiller.
La *Fiacrerie* est l'équipage
Fait pour gens de pareil métier :
Mais vouloir que l'aimable espece,
Le Petit Maître frétillant,
La folle Petite-Maitresse,
Au coursier donnent un pas lent,
Seigneur, c'est viser au prodige,

Et les Fiacres allant, trottant,
Encor n'en feroient pas autant.
Pesez bien la rixe ou la lige ;
Un Cabriolet qui voltige
Prend des tours délicats, aisés ;
Du Maître il trace le vertige,
Les pavés n'en sont pas brisés,
Et le Fiacre les pulvérise.
Si Fiacres sont pulvérisés,
Rossés & toujours méprisés,
Le *pour-boire* les indemnise.
Ces faquins sont pétris d'humeur....
Il en est trop dans l'opulence,
Fiacres comme eux, gens pleins d'aigreur,
Accablant le plaintif malheur
Sous le poids de leur importance....
D'eux à vous quelle différence !
Magistrat rempli de bonté,
De sagesse & d'aménité,
Solide appui de l'indigence :
On vous aborde avec aisance,

Vous fixez la félicité
Dans le vrai centre de la France :
S. . . . . conduit droit à T. . .
Humanité, divinité,
Je m'en tiens à reconnoiſſance,
Tout bon François en eſt doté.
Si notre tête eſt un peu folle,
En ſommes-nous moins bons François ?
Nos prudens Rivaux les Anglois,
Comme nous, font la cabriole,
Et ſont fous des Cabriolets.
Si la mode eſt la chere idole
Et de *Lutéce* & d'*Albion*,
Dans un Cabriolet mignon
Vif comme un traîneau ſur la glace,
Qu'importe à la roulante maſſe
D'un *Fiacre* qui ne peut courir,
Que le char léger du plaiſir
L'atteigne, le croiſe & l'efface ?
Le Cabriolet cherche à fuir ;
Le Maître de ſi bonne grace

Par ſon foüet ſçait l'avertir :
C'eſt un coup-d'aile de Zéphir.
Le Fiacre en fait laide grimace ;
Mais un Fiacre doit-il jouir ? . . .
Sa voiture eſt-elle ſéante
Pour nos aimables Fanfarons,
Pour Gertrude à bouche béante,
Qui voudroit bien que les pigeons
De Vénus qui la rend fringante
Fuſſent attelés au timon
Du Cabriolet qui l'enchante ?
Seroit-on plus dur que Timon
L'impitoyable Miſanthrope,
Quand le Char de Cypris galope,
Le limonier c'eſt Cupidon . . . .
Sur nos remparts ſemés de charmes,
Mille galants Cabriolets
Font circuler les vifs attraits
De Flore & d'Hébé ſous les armes,
Tandis qu'en ſon coffre ſali
Un ourſon de Fiacre impoli

Traîne Madame la *Baillive*
Avec Monſieur l'*Élû* ſon fils,
Débarqués d'hier à Paris.
Sans doute il faut qu'un Fiacre vive,
Menant ceux-là, roulant ceux-ci,
En marche très-végétative,
Il nous laiſſera, Dieu merci,
Du moins la courſe impérative.. ?
Je ſuis l'ouvrage de l'Amour,
Un Cabriolet peut le dire.
Si dans le lyrique ſéjour
Le moindre jonc chante & ſoupire;
Un Char peut parler à ſon tour.

Nous conduiſons, tête levée,
Le Plumet au dortoir des Ris,
Dans un ſolitaire pourpris
D'où la vertu s'eſt eſquivée:
Le badin Enfant de Cypris
Prend ſon foüet & ſon épée,
L'amene aux genoux de Cloris;
On devine aſſez l'équipée.

Plaisir rapide est d'un grand prix.
Un Bracmane de sa cellule
S'élance sur notre coussin
Pour aller voir si le raisin
Dont il boit le jus sans scrupule,
Ne coule pas & va son train,
En attendant la canicule :
On feroit un meilleur refrain ;
Mais l'on respecte la férule.
Allons toujours notre chemin ;
Car il faut que l'esprit circule....
Disons d'un petit ton bénin:
Qu'un Cabriolet est malin !
Combien de Bégueules titrées,
De leur dignité pénétrées,
Ont dans les Carrosses Bourgeois
Nargué l'Amour, bravé ses loix!
Et dans le Vis-à-vis encore,
Le voluptueux Vis-à-vis,
Le Char de Mars & de Cypris,
Que Martin vernit & décore,

Qu'il en eſt de ces cœurs mutins
Que les Amours *Eſtrapontins*
Firent échouer avec grace !
Diſons que pour fille & garçon,
Ou pour gens de plus noble race,
Un Cabriolet ſans façon,
N'auroit-il même qu'une place,
Vaut le Sopha de Crébillon....

Les Fiacres plaignants voudroient dire
Que fermés ils ſont plus diſcrets,
Qu'ils ont plus ſouvent les ſecrets
Des Commenſaux du tendre Empire.
Seigneur arbitre, s'il vous plaît,
Permettez qu'un Cabriolet
Chemin faiſant vous oſe inſtruire
Du cabriolique intérêt.
Aux Fiacres ce n'eſt pas pour nuire,
Ces pauvres diables font pitié;
Nous les voyons ſecher ſur pié :
S'ils n'avoient pas les mariages,
Et les gros Baptêmes auſſi,

Ils feroient de fots perfonnages.
Le nôtre eft plus charmant ici.
Le plaifir eft notre partage ;
Du monde il faudroit fçavoir l'âge
Pour entendre les *mais*, les *fi*
Qui feroient à notre avantage.
Nous fommes d'un antique ufage ;
La preuve en deux mots la voici.
Les Graces danfoient toutes nues,
Sans myftère, au bon fiécle d'or ;
Le vice on ignoroit encor,
Quand la Vertu couroit les rues ;
On ne pilloit point fon tréfor :
De la rofe de l'innocence
On fe paroit, on s'en alloit
Au grand jour, en pleine évidence
Dans un rural Cabriolet.
D'Aftrée alors c'étoit l'enfance ;
Point d'abus, point de défiance ;
Point de Fiacre à vitres de bois,
Où fouvent l'honneur aux abois
Fait une foible réfiftance. . . .

Mais c'étoit de ces Chars légers
Où les Bergères, les Bergers
Penchés ſur des mouſſes légeres
Aux yeux des peres & des meres
Parcouroient les riants Vergers
En froiſſant les humbles fougeres
Trônes de leurs jeux paſſagers.
Les Cabriolets ſont ſans doute
D'après ces beaux Chars imités;
Dans le Pays des Voluptés,
Les voit-on ſe tromper de route?
Et les Fiacres laſſés, crotés
Avec leurs hôtes cahotés
N'arrivent jamais qu'en déroute....
Fiacre rempant, beuglant, jurant
Jour & nuit, ambulant blaſphême,
Maudit Fiacre, garde ton rang,
C'eſt celui de tes chevaux même....
Les Cabriolets ſont fêtés,
Sur l'aîle de Zéphir portés,
Au Temple du Dieu le plus tendre;

Des plaiſirs ils ſont eſcortés ;
Vous par les ennuis balotés
Contre ces charmants effrontés ,
Fiacres , que voulez-vous prétendre ?
Qu'ils ſoient timbrés , numérotés. . . .
Il eſt des timbres à revendre ,
Des numeros de tous côtés.

Timbres de cerveaux phantaſtiques
D'Auteurs comiques & tragiques ,
De *Rimailleurs*, d'*Ecrivailleurs*
Qui ne ſont pas moins faméliques,
Que leurs Rivaux, que leurs Critiques ;
On jeûne à Paris comme ailleurs ;
Timbres de folles lunatiques ,
Trop ivres des accents phyſiques ,
Y voulant accorder les mœurs ;
Timbres d'herminés Galéniques
Dans leurs rébus ſcientifiques ,
Qui ne ſont pas plus grands Docteurs
Que Napolitains empyriques;
Timbre des enragés Plaideurs ;

Celui d'un fat dont la parure
L'occupe au moins un demi-jour.
Timbre d'Eglé qui peste & jure
Contre le tems & son injure,
Voulant que la jeunesse endure
Le récit de ses faits d'amour.
Eglé vieillit, elle en murmure;
Il faut que chacun ait son tour.
C'est le *vouloir* de la nature.

Loin de timbrer, numéroter
Des Amours la voiture agile,
Visible Zéphir dans la Ville,
D'autres il faut étiqueter :
Le Financier qui prend carrosse
A l'instant qu'il a passé bail,
Doit payer pour cet attirail,
Pour cause, une somme assez grosse.
Il ne faut pour son numero
Que le moindre petit Zéro.
On sçait comment il multiplie.
Quelques chiffres feront de l'O

La lettre la plus accomplie.
Le timbre est pour le Commerçant
Et sa voiture anticipée ;
Pour le podestat suffisant,
Les trois quarts du jour en épée.
Timbrez-nous bien ce Procureur
Qui parodie un Sénateur
Dans la Berline qui le traîne ;
Si par l'or s'achetoit l'honneur,
Seroit-il l'objet de la haine ?
Fiacres, plaignez-vous qu'un Tailleur
Fait le rôle d'un Monseigneur :
Il a pris naissance en Gascogne ;
S'il roule en un Char enchanteur,
C'est qu'il taille aussi bien qu'il rogne.
Timbrez fort ces gens *à pudeur* ;
L'Architecte de la frisure,
Plus d'un *Leuillier* pour la chaussure,
Sont *à mourir*, s'ils vont à pied :
Il leur faut la douce voiture.
Timbrez ces fats, ils sont pitié.

Faites numéroter encore
Le roulant bahut d'un Abbé
Dans les Coulisses absorbé,
Qui dit sans cesse, *Hébé*, *Thisbé*,
Aurore, *Flore*, *Terpsicore*.
Ce fou chez l'usurier tombé,
Qu'il soit timbré pour l'Ellebore.
Mais que nos vifs Cabriclets,
Marote des esprits follets,
Soient numérotés comme un Coche,
Un Fiacre abhorré des Valets!...
La mode ici le Fiacre accroche,
Et l'Amour prend ses intérêts.
Qu'on nous montre par quel emblême
On auroit l'art de désigner
Le Cabriolet d'un fat blême
Que Lyon a fait assigner,
Et que la *Pousse*, hapeuse extrême,
Au Geolier vient de consigner.
Celui d'un *Flamen* en *chenille*
Gascon qui s'est fait résigner

Trois Prieurés, pure vétille;
Si c'eſt trop peu pour le damner....
Le Cabriolet de *Lucile*
Qu'un Docteur fit inoculer,
Qu'en une étable l'homme habile
De par Galien vient d'emballer
Pour qu'elle y trépaſſe tranquille....
Et la vinaigrette imbécille
D'un vieux Gripe-ſou promenant
Sa femme, qui ſeroit ſa fille,
Sur ſes plats genoux la tenant,
Quand l'œil de la femme gentille
A tout paſſant, à tout venant
Dit que ſon ami reſte en ville....
Les impoſteurs Cabriolets
Des beaux Eſcrocs *Meſſieurs Projets*,
Roulant de Paris à Verſaille
Pour offrir des plans imparfaits.
Les Miniſtres peu ſatisfaits
En laiſſent faire un feu de paille....
L'équipage d'un rogue Huiſſier

Qui de priſer faiſant métier ;
Priſe les billets doux d'*Elmire*,
Arriere-femme d'un Caiſſier,
Qui mourut à force de rire
D'avoir contraint un Financier
A ſe ruiner, ſans mot dire.
Le Cabriolet doucereux
D'un petit Sénateur en herbe,
Qui rend ſon maître en droit honteux
De lui voir autant de ſuperbe
Qu'il a l'eſprit faux & quinteux....
  Que tous lourds Cochers l'on démonte,
Mais de nos vifs Automédons,
De nos Chars légers d'Amathonte,
Que les Fiacres faſſent leur compte
D'eſſuyer les bruyants lardons.
  Le plaiſir plein d'impatience
Eſt-il peint traîné par des Bœufs,
Par des chevaux poudreux, bourbeux,
Lents convoyeurs de l'indolence ?
C'eſt le char de l'intempérance,

Son Courſier rapide & fougueux,
Qu'il faut pour aller par décence,
Sur un petit air de Romance,
Conſoler deux jeunes beaux yeux
De la perte d'un vieux goûteux
Qui les laiſſe dans l'opulence.
Et chez Flore n'iroit-on pas
Dès l'aube réveiller la folle,
Qui blaſonne tous les états
Et les épluche à ſon école ?
Un Cabriolet par détour
Peut ſaiſir, la nuit & ſans lune,
L'inſtant d'une bonne fortune
Qui veut à peine un demi-jour. . .
Dans un voluptueux ſéjour,
Sous une charmille diſcrette,
Où l'impatiente *Lucette*
Attend Lindor avec l'Amour.
Eſt-ce un Fiacre aſſommant ſes Roſſes
Pour des chemins prenant des foſſes
Qui doit promener le plaiſir ?

Aux front ses panneaux font des bosses.
C'est l'extinction du desir.
Cependant, Seigneur, qu'il vous plaise
Que nous allions toujours marchant,
D'un air gai, rapide & tranchant,
Que nous voltigions à notre aise.
Notre course est une fadaise,
Zéphir n'est pas trop accrochant,
Aux Chars il prête flâme & braise,
Electrisant tout en passant,
Tandis qu'en l'obscure fournaise
D'un Fiacre, Bouquin indécent,
Sans la portiere ou la mortaise,
Qui soulage d'un petit vent,
On expireroit, bien avant
Que le Révérend Pere Blaise
Fût arrivé de son Couvent.
Pendant qu'on lui donne une Chaise,
Un vif Cabriolet souvent
Aux Cieux fait une ame bien aise....
Ordonnez que l'on roulera

En Cabriolet comme en Fiacre ;
Que leur Patron qui pèrora
Pour avoir triple Rime en *Acre*,
Se repente d'avoir mis Diacre,
Ou qu'à l'index on le mettra.
Autant vaut que le Fiacre sacre,
Si Pàris étoit un *Goa*.

Non, cette libre Capitale,
Le Temple des Arts & du goût,
De vos bontés attend sur-tout,
(Vous qui la rendez la rivale
Et de Rome & d'Athène en tout,)
Qu'en un Cabriolet s'étale
La follette & son petit fou,
Ne sachant trop comment, par où
Ils vont atteindre une Barriere.
Au lieu que Saint Fiacre pour vous
Marmote une neuvaine entiere,
Les Jeux, les Ris sont aux genoux
Du Dieu de Gnide & de sa Mere,
Les priant de verser sur vous

Les plus doux parfums de Cythere.
Les Dieux, de leur repos jaloux,
N'aiment pas ſi longue priere.

DAMINVILLE.

www.ingramcontent.com/pod-product-compliance
Lightning Source LLC
LaVergne TN
LVHW010015230826
846092LV00002B/826

* 9 7 8 2 3 2 9 6 3 9 4 4 4 *